AVIS

AUX CHAMBRES.

DE L'IMPRIMERIE DE MADAME VEUVE JEUNEHOMME,
rue Hautefeuille, n° 20.

AVIS

AUX CHAMBRES.

PAR UN BON FRANÇAIS.

Apprenez qu'ici bas le seul honneur solide,
C'est de prendre toujours la vérité pour guide.
BOILEAU, *Satire XI.*

PARIS,

CHEZ ROUSSEAU, RUE DE RICHELIEU, N° 107;
PLANCHER, RUE SERPENTE, N° 14.

1815.

AVIS
AUX CHAMBRES.

Nous ne pouvons en disconvenir, l'État se trouve en ce moment dans des circonstances extrêmement graves; les troupes alliées qui couvrent de toutes parts notre territoire et que le particulier est obligé de nourrir de ses propres deniers; le reste du parti des jacobins qui, se voyant détruit sans ressource, cherche encore à lever la tête pour fomenter des troubles et susciter la guerre civile; enfin les divers autres partis, qui règnent toujours en France, exposent notre pays à partager le sort de tant de royaumes illustres dont on ne conserve plus que le souvenir. Cependant, sous le monarque juste et éclairé qui nous gouverne, nous avons, pour remédier à tous ces maux, des moyens que nous n'aurions peut-être pas sous un autre. Le Roi, dont la sollicitude paternelle s'étend sur toute la nation qu'il regarde comme sa propre famille, travaille chaque jour à alléger nos fardeaux et à dissiper les troubles qui fermentent de toutes parts. L'élection des Chambres est une des sages mesures qu'il a prises à ce sujet. Le discernement que l'on a mis dans le choix de ceux qui en font partie a répandu la joie et l'espérance dans tous les cœurs. Mais pour que les Chambres réalisent cette espérance il faut qu'elles prennent un caractère ferme et résolu, et qu'elles se gardent d'y jamais déroger ; qu'elles considèrent l'emploi honorable dont elles sont chargées ; qu'elles n'oublient pas que les rênes du gouvernement leur sont, en quelque sorte, confiées, et que d'elles seules dépend notre bonheur ou notre malheur à venir.

« Pairs et Députés, ne rejetez pas les avis d'un bon Français ; la cruelle position où il voit sa patrie, est le seul motif qui lui fasse prendre la plume pour vous exprimer ses sentimens. Plusieurs d'entre vous ont déjà rendu de grands services à la patrie sous le règne de l'usurpateur ; dans ces temps malheureux, quiconque se conduisait avec fermeté, courait risque d'être enveloppé dans la proscrip-

tion ; et pourtant vous n'avez pas craint de
déployer un caractère ferme et énergique.
Maintenant que les circonstances sont plus
favorables et que l'on peut dire ouvertement
sa façon de penser, craindriez-vous d'élever
votre voix contre les abus que vous serez
à même de pouvoir réformer ? Non, messieurs, j'ai une trop haute opinion de votre
intégrité et de vos lumières, pour craindre
que vous démentiez jamais, par votre con-
duite, ce que vous faites espérer en ce moment. Que l'union surtout règne parmi vous ;
l'union est l'âme d'une assemblée ; si la dis-
corde venait une fois à se glisser dans votre
sein, vous ne tarderiez pas à en ressentir
les funestes effets, et les maux qu'elle vous
causerait rejailliraient infailliblement sur la
France entière ; vous ne seriez plus alors
qu'un corps sans âme ; vos décrets n'auraient
plus de force, vos décisions ne seraient plus
respectées ; chacun voudrait dominer et personne ne dominerait. Mettez donc de côté
tout esprit de parti ; imitez ces fiers Romains
qui sacrifiaient tout à leur patrie, jusqu'à
leur vie même, et rejetez tout sentiment
qui ne vous est pas inspiré par le désir d'être

utile à votre pays. Méfiez-vous surtout, s'il s'en trouvait quelques - uns parmi vous, de ces royalistes exagérés qui veulent être plus royalistes que le roi lui-même. Il faut aimer notre souverain, le chérir, verser notre sang pour lui, mais il ne faut pas que notre amour dégénère en fureur; il ne faut pas que le fanatisme s'en mêle, et que nous gâtions par-là tout ce que nous pouvons avoir fait de bien jusqu'à ce moment. Parmi les gens exagérés, je sais qu'il y en a de bonne-foi, et qu'ils ont été égarés par les insinuations de quelques furieux qui cherchent à rendre les royalistes ridicules, et à faire détester le roi. Pour ceux-ci, je ne fais que les plaindre, et j'espère qu'ils finiront bientôt par devenir plus modérés ; mais malheureusement il y en a d'autres qui jouent le royalisme, et qui, craignant qu'on ne doutât de leur sincérité, s'ils étaient comme les autres, veulent paraître beaucoup plus attachés au roi, et font dégénérer leur prétendu attachement en vrai fanatisme. Je ne me lasserai point de vous le répéter, méfiez-vous de ces gens-là ; examinez-les de près, et vous ne tarderez pas à discerner ceux qui sont de bonne-foi d'avec ceux qui ne le sont pas. Ces derniers sont de vrais jacobins - royalistes ; maintenant que la première secte dont ils faisaient partie est éteinte sans ressource, et qu'ils n'ont plus la possibilité de s'abreuver de sang, ils embrassent le parti du Roi pour chercher de nouveau à exercer leur fureur ; et comme ce parti n'admet que la douceur et la modération, ils tachent d'y répandre adroitement leur venin et leur rage, dans l'espoir de faire revivre ces temps affreux où celui qui ne portait pas le bonnet rouge périssait misérablement sur un échafaud ; mais passons outre, j'aime à croire que parmi vous il ne se trouvera aucun exagéré ni d'un côté ni de l'autre. Que toutes vos décisions soient impartiales, et qu'après avoir énoncé votre façon de penser, vous puissiez dire avec orgueil: J'ai fait mon devoir, j'ai agi dans l'intention de rendre service à ma patrie. Soyez moins orateur que bon citoyen ; si vous avez quelques avis importans à communiquer à la Chambre, ne craignez pas qu'ils soient écoutés défavorablement ; montez hardiment à la tribune, expliquez-vous avec précision et briéveté, et si votre avis est rejeté, vous pourrez du moins vous vanter de l'avoir proposé dans des vues et des intentions louables. Exposez l'état de la France tel qu'il vous parait être véritablement ; n'écoutez pas les discours de quelques personnes qui prétendent que nous ne sommes pas aussi en danger que nous paraissons l'être. Ces personnes-là se trompent grossièrement, et je ne crains pas même de dire que si l'on ne prend au plus vite des mesures fermes et actives , nous courrons grand risque d'éprouver d'ici à quelque temps la misère et la disette. Je ne parle pas des impôts, ils deviennent très-onéreux ; mais nous ne pouvons nous en plaindre ; ce n'est pas la faute du Roi si son prédécesseur a épuisé toutes les finances, et, non content de cela, nous a envoyé de nouveaux hôtes à nourrir. Le Roi ne peut les entretenir sans argent ; il ne peut en outre payer sa maison civile et militaire sans argent ; enfin il ne peut faire face à toutes les charges dont il est accablé sans argent ; et où le prendra-t-il, cet argent, si les citoyens ne lui fournissent pas ? Le Roi n'est donc point blâmable de nous soumettre à des impôts plus forts que les autres années ; c'est la nécessité qui l'y force, et les gens sen-

sés seront les premiers à reconnaître com-
bien il serait absurde d'accuser Louis xviii
de despotisme pour une chose qui, au contraire, n'est que sagesse et prévoyance ; mais
un autre article auquel il est facile de remédier, c'est la prohibition de la liberté de
la presse. Hé ! messieurs, que deviendrons-
nous si on nous ôte jusqu'à nos idées libé-
rales ? Quel plus beau privilége peut avoir
une nation que celui de pouvoir dire et écrire
ouvertement sa façon de penser ! Nos voisins
jouissent de ce privilége, et pour cela s'en
trouvent-ils plus mal ? au contraire. Un peuple
qui jouit d'une liberté qui n'est pas poussée
trop loin, est toujours un peuple facile à
gouverner ; mais il ne faudrait pas non plus
que cette liberté passât les bornes, car alors
elle dégénérerait en licence, et la licence
amène nécessairement l'anarchie. Défendez,
messieurs, la liberté de la presse, mais dé-
fendez-la avec modération ; soumettez tous
les écrits qui paraîtront, à un léger examen,
et n'en empêchez pas l'impression si l'écrivain
ne s'est rien permis qui attaque directement
la personne du Roi, car sa personne est sa-
crée. La liberté de la presse serait d'une

grande utilité sous bien des rapports ; elle servirait d'abord à faire connaître au Roi la vérité, que la plupart de ceux qui l'entourent ont intérêt à lui tenir cachée ; elle servirait à signaler un grand nombre d'abus qui règnent en ce moment en France, et par là parviendrait à en réprimer du moins une bonne partie. Enfin elle servirait à faire considérer d'un œil impartial les circonstances actuelles et les personnages qui y figurent ; car les écrivains ne craindraient plus d'écrire comme ils pensent, et parmi eux il s'en trouverait quelques-uns qui, n'étant guidés par aucun esprit de parti, exposeraient impartialement leur manière de voir, et feraient sans doute partager leur droiture à ceux qui voudraient bien prendre la peine de les lire et de les comprendre. Voilà, messieurs, les principaux motifs qui me portent à prendre la défense de la liberté de la presse. Mettez d'un côté dans la balance les avantages qui peuvent en résulter, et de l'autre les inconvéniens, et je laisse à votre sagacité à juger de ce qu'elle doit faire.

Une autre chose plus importante encore, et

à laquelle vous devez veiller, c'est que le Roi ne soit entouré que de ministres sages et éclairés. Cette mesure est non seulement nécessaire à la sûreté du Roi, mais aussi à celle de la France entière. Si les ministres sont mal choisis, tout ira mal; car c'est d'eux seuls que dépend tout ce qui peut arriver; leur pouvoir est illimité, quand ils ont envie de faire exécuter une ordonnance ou de faire paraître un décret, personne, excepté le Roi, n'a le droit de s'y opposer, et il ne s'y oppose jamais; car ce qui est fait par ses ministres, il le regarde comme bien fait. Tâchez surtout que le Roi change de ministres le moins possible. Un État qui est exposé à des changemens continuels, est un État faible et chancelant; il faut d'avance faire son choix avec tant de justesse, que dans la suite, on n'ait pas à se le reprocher, et que l'on ne soit pas obligé de disgracier celui qui en a été l'objet pour donner sa place à un autre. Ce serait montrer par-là que l'on s'est trompé dans la première élection que l'on a faite, et le vulgaire est ordinairement porté à croire que celui qui a pu se tromper dans une occasion peut fort aisément se tromper dans beaucoup d'autres. Tout le monde regrette surtout dans ce moment un ministre qui a déjà rendu de grands services à la France, et qui, dans la place importante qu'il occupait, était à portée de lui en rendre encore de bien grands ; je partage sincèrement les regrets de la nation, mais je suis loin de blâmer ce qui a été fait : on a sans doute eu de fortes raisons pour en agir ainsi, et je ne suis pas assez témé-raire pour oser chercher à découvrir quelles ont pu être ces raisons. Mais ce que je vous recommande sur toutes choses avant de ter-miner, c'est la stabilité des ministres, et le choix épuré qu'il faut faire de ceux qui sont destinés à l'être, afin que l'on n'ait pas dans la suite à se repentir de les avoir élevés à cet honneur.

Tels sont, messieurs, les principaux avis que je prends la liberté de vous adresser dans cette petite brochure ; ne les dédaignez pas ; je vous les donne avec franchise et sincérité, et dans la vue d'être utile à mon pays en vous étant utile à vous-mêmes. N'oubliez pas que la France entière a les yeux sur vous ; que si vous faites un faux pas, les hommes, toujours plus sévères pour les fautes des autres que pour les leurs, ne vous le pardonneront pas, et qu'alors vous vous reprocherez peut-être de n'avoir pas écouté les faibles conseils que je vous avais donnés.

4 octobre 1815.

9 782014 042191